www.ingramcontent.com/pod-product-compliance
Lightning Source LLC
LaVergne TN
LVHW010443070526
838199LV00066B/6159
9789369080779

بڑوں نے لکھا بچوں کے لئے... ۳

بچوں کی عصمت چغتائی

جمع و ترتیب: اعجاز عبید

© Taemeer Publications LLC
Bachchon ki Ismat Chughtai *(Kids Stories)*
by: Ismat Chughtai
Edition: April '2025
Publisher :
Taemeer Publications LLC (Michigan, USA / Hyderabad, India)

ISBN 978-93-6908-077-9

مصنفہ یا ناشر کی پیشگی اجازت کے بغیر اس کتاب کا کوئی بھی حصہ کسی بھی شکل میں بشمول ویب سائٹ پر اَپ لوڈنگ کے لیے استعمال نہ کیا جائے۔ نیز اس کتاب پر کسی بھی قسم کے تنازع کو نمٹانے کا اختیار صرف حیدرآباد (تلنگانہ) کی عدلیہ کو ہو گا۔

© تعمیر پبلی کیشنز

کتاب	:	بچوں کی عصمت چغتائی (کہانیاں)
مصنفہ	:	عصمت چغتائی
صنف	:	ادب اطفال
ناشر	:	تعمیر پبلی کیشنز (حیدرآباد، انڈیا)
سالِ اشاعت	:	۲۰۲۵ء
صفحات	:	۳۶
سرورق ڈیزائن	:	تعمیر ویب ڈیزائن

فہرست

میٹھے جوتے 3

کام چور 8

سوت کا ریشم 21

روٹی کی بارات 27

میٹھے جوتے

یہ بھائی، بہنوں کو عجیب عجیب طریقے سے بیوقوف بناتے ہیں۔

ننھے بھائی بالکل ننھے نہیں بلکہ سب سے زیادہ قد آور اور سوائے آپا کے سب سے بڑے ہیں۔ ننھے بھائی آئے دن نت نئے طریقوں سے ہم لوگوں کو الو بنایا کرتے تھے۔ ایک کہنے لگے، ''چمڑا کھاؤ گی؟''

ہم نے کہا، ''نہیں تھو! ہم تو چمڑا نہیں کھاتے۔''

''مت کھاؤ!'' یہ کہہ کر چمڑے کا ایک ٹکڑا منہ میں رکھ لیا اور مزے مزے سے کھانے لگے۔

اب تو ہم بڑے چکرائے۔ ڈرتے ڈرتے ذرا سا چمڑا لے کر ہم نے زبان لگائی۔ ارے واہ، کیا مزے دار چمڑا تھا، کھٹا میٹھا۔ ہم نے پوچھا، ''کہاں سے لائے ننھے بھائی؟''

انہوں نے بتایا، ''ہمارا جوتا پرانا ہو گیا تھا، وہی کاٹ ڈالا۔''

جھٹ ہم نے اپنا جوتا چکھنے کی کوشش کی۔ آخ تھو، توبہ مارے سڑاند کے ناک اڑ گئی۔

''ارے بے وقوف! یہ کیا کر رہی ہو؟ تمہارے جوتے کا چمڑا اچھا نہیں ہے اور یہ ہے بڑا گندا۔ آپا کی جو نئی گرگابی ہے نا، اسے کاٹو تو اندر سے میٹھا میٹھا چمڑا نکلے گا۔'' ننھے بھائی نے ہمیں رائے دی۔

اور بس اس دن سے ہم نے گرگابی کو گلاب جامن سمجھ کر تاڑنا شروع کر دیا۔ دیکھتے ہی منہ میں پانی بھر آتا۔

عید کا دن تھا۔

آپا اپنی حسین اور مہ جبین گرگابی پہنے، پائنچے پھڑکاتی، سویاں بانٹ رہی تھیں۔
آپا ظہر کی نماز پڑھنے جونہی کھڑی ہوئیں، ننھے میاں نے ہمیں اشارہ کیا۔
''اب موقع ہے، آپا نیت توڑ نہیں سکیں گی۔''
''مگر کاٹیں کاہے سے؟'' ہم نے پوچھا۔
''آپا کی صندوقچی سے سلمہ ستارہ کاٹنے کی قینچی نکال لاؤ۔''
ہم نے جونہی گرگابی کا بھورا ملائم چمڑا کاٹ کر اپنے منہ میں رکھا، ہمارے سر پر جھٹ چپلیں پڑیں۔ پہلے تو آپا نے ہماری اچھی طرح کندی کی، پھر پوچھا ''یہ کیا کر رہی ہے؟''
''کھا رہے ہیں۔'' ہم نے نہایت مسکین صورت بنا کر بتایا۔
یہ کہنا تھا سارا گھر ہمارے پیچھے ہاتھ دھو کر پڑ گیا۔ ہماری تکا بوٹی ہو رہی تھی کہ ابا میاں آ گئے۔ مجسٹریٹ تھے، فوراً مقدمہ مع مجرمہ اور مقتول گرگابی کے روتی پیٹتی آپا نے پیش کیا۔ ابا میاں حیران رہ گئے۔ ادھر ننھے بھائی مارے ہنسی کے قلابازیاں کھا رہے تھے۔ ابا میاں نہایت غمگین آواز میں بولے، ''سچ بتاؤ، جوتا کھا رہی تھی؟''
''ہاں۔'' ہم نے روتے ہوئے اقبال جرم کیا۔

''کیوں؟''

''میٹھا ہوتا ہے۔''

''جوتا میٹھا ہوتا ہے؟''

''ہاں۔'' ہم پھر رینکے۔

''یہ کیا بک رہی ہے بیگم؟'' انہوں نے فکرمند ہوکر اماں کی طرف دیکھا۔

اماں منہ بسور کر کہنے لگیں۔ ''یا خدا! ایک تو لڑکی ذات، دوسرے جوتے کھانے کا چسکا پڑ گیا تو کون قبولے گا۔''

ہم نے لاکھ سمجھانے کی کوشش کی کہ بھئی چمڑا سچ میں بہت میٹھا ہوتا ہے۔ ننھے بھائی نے ہمیں ایک دن کھلایا تھا، مگر کون سنتا تھا۔

''جھوٹی ہے۔'' ننھے بھائی صاف مکر گئے۔

بہت دنوں تک یہ معمہ کسی کی سمجھ میں نہ آیا۔ خود ہماری عقل گم تھی کہ ننھے بھائی کے جوتے کا چمڑا کیسا تھا جو اتنا لذیذ تھا۔

اور پھر ایک دن خالہ بی دوسرے شہر سے آئیں۔ بقچیہ کھول کر انہوں نے پتوں میں لپٹا چمڑا نکالا اور سب کو بانٹا۔ سب نے مزے مزے سے کھایا۔ ہم کبھی انہیں دیکھتے، کبھی چمڑے کے ٹکڑے کو۔ تب ہمیں معلوم ہوا کہ جسے ہم چمڑا

سمجھتے تھے، وہ آم کا گودا تھا۔ کسی ظالم نے آم کے گودے کو سکھا کر اور لال چمڑے کی شکل کی یہ ناہنجار مٹھائی بنا کر ہمیں جوتے کھلوائے۔

***

کام چور

''بیگم اب ہماری پنشن ہونے والی ہے، ذرا گھر کا خرچ کم کرو۔'' ہمارے ابا میاں نے پنشن سے پہلے یہ مناسب سمجھا کہ ہماری اماں جان کو (جو ہمارے ابا میاں سے بھی زیادہ کھلے ہاتھ کی تھیں) اونچ نیچ سمجھا دیں۔

''اے ہے میں زیادہ خرچ کرتی ہوں تو اپنے ہاتھ میں گھر کا انتظام لے لو۔'' اما جان بگڑیں۔

''یعنی کہ میں کماؤں بھی اور گھر کی دیکھ بھال بھی کروں؟ خوب! بہت خوب! پھر بیوی کا فائدہ کیا ہے؟ آخر تم کس مرض کی دوا ہو؟''

''بھئی، ہم تو پھوہڑ ہیں۔ تم کوئی سگھڑ بیاہ کر لے آتے۔'' اماں نے طعنہ دیا۔

ظاہر ہے، ابا میاں اس وقت تو کوئی سگھڑ بیوی بیاہ کر لا نہیں سکتے تھے، کیونکہ وہ اس وقت کلب سے ٹینس کھیل کر ہارے تھکے آئے تھے۔ وہ بحث نہیں کرنا چاہتے تھے، اس لیے وہ بھی قائل ہو گئے۔ اس شور اور ہنگامے کو سن کر ہم لوگ بھی آس پاس جمع ہو گئے تھے۔ ایک دم بھیڑ سے اماں کا دم بوکھلا اٹھا اور وہ چاروں طرف تھپڑ چانٹے اور چپت بانٹنے لگیں۔ ''غارت ہو کم بختو! کلیجے پر چڑھے چلے آتے ہیں۔''

ابا میاں کا غصہ وہ ہم لوگوں پر اتارنے لگیں۔ ہم لوگ اداس ہو کر ان سے ذرا دور ہٹ آئے اور دل میں دعائیں مانگنے لگے: ''کاش! ابا میاں ہمارے لیے ایک فرسٹ کلاس سی اماں لے آئیں تاکہ آئے دن کے جھگڑے سے کچھ تو مہلت ملے اور سکھ کا سانس آئے۔'' خیر، ابا میاں نئی اماں جان تو نہ لائے۔ لیکن ہماری پرانی اماں کو انھوں نے اس بات پر ضرور راضی کر لیا کہ وہ خرچ کم کرنے کی اسکیم پر غور کرنے کو تیار ہوں۔ اس سلسلے میں ابا نے تجویز پیش کی:

''سب نوکر نکال دو، یہ دو باورچی کیوں ہیں؟''

''ہے ہے۔۔۔اتنے آدمیوں کا کھانا ایک باورچی سے نہیں پکے گا۔ آپ ہی نے تو کہا تھا۔۔ اکیلے باورچی سے اتنے آدمیوں کا کھانا پکوانا جرم ہے۔۔۔ زبردستی دوسرا باورچی رکھوایا تھا۔''

''خیر، چھوڑو باورچی کو۔۔۔ یہ بتاؤ، یہ عورتیں کون کون سی بھرلی ہیں؟'' ابا میاں نے پوچھا۔

''اے ہے، نئی تو کوئی نہیں، وہی عورتیں ہیں، جو شروع سے تھیں۔'' اماں جان نے وضاحت کی۔

''آخر کون ہیں؟ اور یہ بچے کس کس کے بھر رکھے ہیں؟ نکالوان کو، کہو، اپنے گھر جا کر کھیلیں۔''

''لو اور سنو! ارے یہ سب اپنے بچے ہیں۔''

''یہ سب؟'' ابامیاں کانپ اٹھے۔

''اے واہ! کیا نادان بنتے ہو!''

''یعنی تمہارا مطلب ہے بیگم کہ یہ۔۔۔ یہ سب کے سب ہمارے تمہارے یعنی کہ بالکل ہمارے بچے ہیں؟'' ابا میاں حیران ہوتے ہوئے بولے۔

''اے ہے توبہ ہے! آپ توبات کو فوراً پکڑ لیتے ہیں۔۔۔اور یہ تو اکبری کے بچے ہیں۔''

''تمہاری بھانجی!''

''ہوں! اور تمہاری بھتیجی!'' اماں نے بتایا۔

بڑی دیر کی حجت کے بعد یہ طے ہوا کہ سچ مچ نوکروں کو نکال دیا جائے۔ آخر یہ موٹے موٹے بچے کس کام کے ہیں۔۔۔ہل کر پانی نہیں پیتے۔ انہیں اپنا کام خود کرنے کی عادت ہونی چاہیۓ۔ کام چور کہیں کے۔ ''تم لوگ کوئی کام نہیں کرتے، اتنے سارے ہو اور سارا دن اودھم مچانے کے سوا کچھ نہیں کرتے۔''

اور سچ مچ ہمیں خیال آیا کہ ہم آخر کار کوئی کام کیوں نہیں کرتے؟ ہل کر پانی پینے میں اپنا کیا خرچ ہوتا ہے۔ اس لئے ہم نے فوراً ہل ہل کر پانی پینا شروع کیا۔ ہلنے میں دھکے بھی لگ جاتے ہیں اور ہم کسی کے دبیل تو تھے نہیں کہ کوئی دھکا دے تو سہہ جائیں۔ لیجیۓ پانی کے مٹکوں کے پاس ہی گھمسان کا رن پڑ گیا۔ صراحیاں ادھر کو لڑھکیں، مٹکے ادھر گئے، کپڑے شرابور سو الگ۔ ''یہ لیجیۓ، کرالیں کام۔ یہ بھلا کام کریں گے، گدھے کہیں کے۔ دونوں صراحیاں توڑ دیں۔'' اماں نے فیصلہ کیا۔

''کریں گے کیسے نہیں، ان کے تو باپ بھی کام کریں گے۔ دیکھو جی! جو کام نہیں کرے گا، اسے رات کا کھانا ہرگز نہیں ملے گا، سمجھے!''

یہ لیجئے، بالکل شاہی فرمان جاری ہو رہے ہیں۔

''ہم کام کرنے کے لیے تیار ہیں۔ ہمیں کام بتایا جائے۔'' ہم نے دہائی دی۔

''بہت سے کام ہیں، جو تم کر سکتے ہو۔ مثلاً یہ دری کو دیکھو کتنی میلی ہو رہی ہے۔ آنگن میں جا کر دیکھو کتنا کوڑا پڑا ہے۔ صحن میں پیڑ ہیں ان کو پانی دینا ہے اور ہاں بھئی، یاد رہے! مفت تو یہ کام کروائے نہیں جائیں گے۔ تم سب کو تنخواہ بھی ملے گی۔'' ابا میاں نے تفصیل بتائی اور دوسرے کاموں کا حوالہ دیا ''مالی کو تنخواہ ملتی ہے۔ اگر سب بچے مل کر پانی ڈالیں تو۔۔۔''

''اے ہے! خدا کے لیے نہیں، ایسا غضب نہ کرنا۔ گھر میں سیلاب آجائے گا۔'' اماں جان نے التجا کی۔ پھر تنخواہ ملتی ہے۔ اگر سب بچے مل کر پانی ڈالیں تو۔۔۔''

''اے ہے! خدا کے لئے نہیں، ایسا غضب نہ کرنا۔ گھر میں سیلاب آجائے گا۔'' اماں جان نے التجا کی۔ پھر تنخواہ کے خواب دیکھتے ہوئے ہم لوگ کام پر تل گئے۔

ایک دن فرشی دری پر بہت سے بچے جٹ گئے اور چاروں طرف سے دری کے کونے پکڑ لیے اور پھر کمرے کے اندر ہی اسے جھٹکنا شروع کر دیا۔ دو چار نے تو لکڑیاں لے کر دھواں دھواں پٹائی شروع کر دی۔

''اے خدا کی سنوار۔ جھاڑو پھرے تمہاری صورتوں پر، ارے کم بختو! یہ کیا کر رہے ہو۔۔۔'' سارا گھر دھول سے اٹ گیا۔ کھانستے کھانستے سب بے دم ہو گئے۔ ساری گرد جو دری پر تھی وہ اور جو کچھ فرش پر تھی وہ سب کے سروں پر جم گئی۔ ناکوں اور آنکھوں میں گھس گئی، جس کی وجہ سے برا حال ہو گیا سب کا۔ مار مار کر ہم لوگوں کو آنگن میں نکالا گیا۔ وہاں ہم لوگوں نے جھاڑو دینے کا فیصلہ کیا۔ جھاڑو چونکہ ایک تھی اور تنخواہ لینے کے امیدوار بہت۔ اس لیے دم بھر میں جھاڑو کے پرزے اڑ گئے۔ جتنی سینکیں جس کے ہاتھ پڑیں، وہ ان سے ہی الٹے سیدھے ہاتھ مارنے لگا۔ زمین کم اور ایک دوسرے کی ننگی ٹانگیں زیادہ جھاڑی گئیں۔ نتیجہ یہ ہوا کہ سینکیں چلیں، آنکھیں پھوٹتے پھوٹتے بچیں۔

اماں نے یہ سب دیکھ کر اپنا سر پیٹ لیا۔

بھئی! یہ بزرگ ہمیں کام کرنے دیں تو ہم کام کریں۔ جب ذرا ذرا سی بات پر ہم پر تھپڑوں کی بارش ہونے لگے تو بس ہو چکا کام۔

اصل میں جھاڑو دینے سے پہلے ذرا سا پانی چھڑک لینا چاہیئے تاکہ گرد وغیرہ بیٹھ جائے ۔ بس ہمارے ذہن میں یہ خیال آتے ہی فوراً دری پر پانی چھڑکا گیا ۔ ایک تو ویسے ہی گرد میں اٹی ہوئی تھی ۔ اس کے اوپر پانی پڑتے ہی ساری گرد کیچڑ بن گئی ۔

اب تو ہم سب صحن سے بھی مار مار کر نکالے گئے ۔ طے ہوا کہ پیڑوں میں پانی دیا جائے ۔ بس سارے گھر کی بالٹیاں ، لوٹے ، تسلے ، بھگونے ، پتیلیاں ، لوٹ لی گئیں ۔ جنہیں یہ چیزیں بھی نہ ملیں ، وہ ڈونگے اور کٹورے گلاس ہی لے بھاگے ۔

اب سب لوگ نل پر ٹوٹ پڑے ۔ یہاں پر بھی وہ گھمسان مچی کہ کیا مجال جو ایک بوند پانی بھی کسی کے برتن میں آسکا ہو ۔ ٹھوسم ٹھاس ! کسی بالٹی پر پتیلا ، اور پتیلے پر لوٹا اور بھگونے اور ڈونگے ۔ پہلے تو دھکے چلے ۔ پھر کہنیاں اور اس کے بعد برتنوں ہی سے ایک دوسرے پر حملہ کر دیا گیا ۔ ظاہر ہے کہ بھاری برتنوں والے تو ہتھیار اٹھاتے ہی رہ گئے ۔ کٹوروں اور ڈونگوں سے لیس فوج نے وہ معرکے مارے کہ سروں پر گومڑے ڈال دیئے ۔

فوراً بڑے بھائیوں، بہنوں، ماموؤں، چچاؤں اور دمدار خالاؤں اور پھوپھیوں کی ایک زبردست کمک بھیجی گئی۔ جنھوں نے اتنا زبردست حملہ کیا کہ خدا کی پناہ! فوج نے آتے ہی اپنی پتلی پتلی نیم کی چھڑیوں سے ہماری ننگی ٹانگوں اور بدن پر وہ سڑا کے لگائے کہ ڈونگا اور کٹورا فوج میدان میں ہتھیار پھینک کر پیٹھ دکھا گئی۔

اس زبردست دھینگا مستی میں کچھ بچے اس بری طرح سے کیچڑ میں لت پت ہو گئے تھے کہ انھیں پہچاننا مشکل ہو گیا تھا۔ ان بچوں کو نہلا کر کپڑے بدلوانے کے لیے نوکروں کی موجودہ تعداد ناکافی تھی، اس لیے پاس پڑوس کے بنگلوں اور کوٹھیوں سے نوکر بلوائے گئے اور چار آنے فی بچہ کے حساب سے ان سے نہلوائے گئے۔

ہم لوگ قائل ہو گئے کہ سچ مچ یہ صفائی وغیرہ کے کام اپنے بس کی بات نہیں اور نہ ہی ان پیڑوں کی دیکھ بھال ہم سے ہو سکتی ہے۔ اس لئے مرغیاں ہی بند کر دیں۔ بس شام ہی سے یہ کام شروع کر دیا، لہٰذا جو بانس، چھڑی ہاتھ پڑی، لے لے کر مرغیاں ہانکنے لگے: ''چل ڈربے، چل ڈربے۔'' مگر صاحب! شاید ان مرغیوں کو بھی کسی نے ہمارے خلاف بھڑکا رکھا تھا۔ اوٹ پٹانگ ادھر ادھر کودنے لگیں۔ دو مرغیاں کھیر کے پیالوں سے، جن پر آپا چاندی کے ورق لگا

رہی تھی، دوڑتی پھڑپھڑاتی نکل گئیں۔ طوفان گزرنے کے بعد معلوم ہوا کہ پیالے خالی ہیں اور ساری کھیر آپا کے کامدانی کے دوپٹے اور تازے دھلے سر پر۔ ایک بڑا سا مرغا اماں کے کھلے ہوئے پاندان میں پھاند پڑا اور کتھے چونے میں لتھڑے ہوئے پنجے لے کر نانی اماں کی سفید دودھ ایسی چاندنی پر مارتا ہوا نکل گیا۔ پاندان الٹ کر نیچے آرہا۔

ایک مرغی دال کی پتیلی میں چھپاکا مار کر بھاگی اور سیدھی جاکر موری میں اس تیزی سے پھسلی کہ ساری کیچڑ خالہ جی کے منہ پر جاپڑی جو وہاں پر بیٹھی ہاتھ منہ دھو رہی تھیں۔ ادھر تمام مرغیاں بے نکیل کا اونٹ بنی دوڑتی پھر رہی تھیں اور کوشش کے باوجود ایک بھی مرغی ڈربے میں جانے کے لیئے راضی نہ تھی۔

ادھر کسی کو یہ سوجھی کی بقرعید کے لیئے جو بھیڑیں گھر میں آئی ہوئی ہیں، وہ ضرور بھوکی ہوں گی۔ چلو لگے ہاتھوں انہیں بھی دانہ کھلا دیا جائے۔ دن بھر کی بھوکی بھیڑیں دانے کا سوپ دیکھ کر جو سب کی سب جھپٹیں، تو بھاگ کر اپنا آپ بچانا مشکل ہوگیا۔ لشتم پشتم تختوں پر چڑھ گیئے۔ پر بھیڑ چال مشہور ہے۔ ان کی نظریں تو بس دانے کے سوپ پر جمی ہوئی تھیں۔ پلنگوں کو پھلانگتی، برتن لڑھکاتی ساتھ ساتھ چڑھ گیئں۔

تخت پر بانو آپا کے جہیز کا دوپٹہ پھیلا ہوا تھا، جس پر گوکھرو، چمپا اور سلمہ ستارے رکھ کر بڑی آپا، مغلانی بوا کو کچھ بتا رہی تھیں۔ بھیڑیں نہایت بے تکلفی سے سب چیزوں کو روندتی ہوئی، اپنے کھروں میں کرنیں، گوکھرو، لچکا اور سلمہ ستارے الجھاتی، جارجٹ کے دوپٹے روندتی، مینگنیوں کا چھڑکاؤ کرتی دوڑ گئیں۔ جب طوفان گزر چکا تو ایسا معلوم ہوا جیسے جرمنی کی فوج ٹینکوں اور بمباروں سمیت ادھر سے چھاپا مار کر گزر گئی ہو۔ جہاں جہاں سے سوپ گزرا، بھیڑیں شکاری کتوں کی طرح بو سونگھتی حملہ کرتی گئیں۔

حجن ماں ایک طرف پلنگ پر دوپٹے سے اپنا منہ ڈھانکے گہری نیند سو رہی تھیں۔ ان پر سے جو بھیڑیں دوڑیں، تو نہ جانے وہ خواب میں کن محلوں کی سیر کر رہی تھیں۔ دوپٹے میں الجھی ہوئی ''مارو... مارو... پکڑو... پکڑو...'' چیخنے لگیں۔

اتنے میں بھیڑیں سوپ کو بھول کر ترکاری بیچنے والی کی ٹوکری پر ٹوٹ پڑیں۔ وہ دالان میں بیٹھی مٹر کی پھلیاں تول تول کر باورچی کو دے رہی تھی۔ وہ اپنی ترکاری کا بچاؤ کرنے کے لئے سینہ تان کر اٹھ کھڑی ہوئی۔ آپ نے کبھی بھیڑوں کو مارا ہوگا، تو یہ بات اچھی طرح جانتے ہوں گے اور آپ نے دیکھا بھی ہوگا کہ بس ایسا

لگتا ہے جیسے روئی کے تکیے کو کوٹ رہے ہیں۔ بھیڑ کے چوٹ ہی نہیں لگتی۔ بالکل یہ سمجھ کر کہ آپ اس سے مذاق اور لاڈ کر رہے ہیں، وہ آپ ہی پر چڑھ بیٹھے گی۔

ذرا سی دیر میں بھیڑوں نے ترکاری چھلکوں سمیت اپنے پیٹ کی کڑھائی میں جھونک دی۔ ادھر یہ قیامت مچی تھی، ادھر دوسرے کارندے بھی غافل نہیں تھے۔ اتنی بڑی فوج تھی، جسے رات کا کھانا نہ ملنے کی دھمکی مل چکی تھی۔

چار کارندے جلدی جلدی ایک بھینس کا دودھ دوہنے پر جٹ گئے۔ ڈھلی بے ڈھلی بالٹی لے کر آٹھ ہاتھ جب چار تھنوں پر اچانک پل پڑے، تو بھینس ایک دم سے جیسے چاروں پیر جوڑ کر اٹھی اور بالٹی کو زور سے لات مار کر دور جا کھڑی ہوئی۔ چاروں کارندوں نے آپس میں صلاح مشورہ کیا اور طے یہ پایا کہ بھینس کی اگاڑی پچھاڑی باندھ دی جائے اور پھر قابو میں لا کر دودھ دوہ لیا جائے۔ بس فوراً ہی جھولے کی رسی اتار کر بھینس کے پیر باندھ دیے۔ بھینس کے پچھلے دونوں پیر چچا میاں کی چارپائی کے پایوں سے باندھے اور اگلے دونوں پیروں کو باندھنے کی کوشش جاری تھی کہ بھینس ایک دم چوکنی ہو گئی۔ چھوٹ کر جو بھاگی ہے تو پہلے چچا میاں سمجھے کہ شاید کوئی خواب دیکھ رہے ہیں۔ پھر جب چارپائی پانی کے ڈرم

سے ٹکرائی اور پانی چھلک کر ان کے اوپر گرا تو وہ سمجھے کہ آندھی اور طوفان میں پھنسے ہیں۔ ساتھ میں بھونچال بھی آیا ہوا ہے۔ پھر جلدی ہی انہیں اصلی حالات کا پتہ چل گیا اور وہ پلنگ کی دونوں پٹیاں پکڑے اور ان کو سانڈ کی طرح چھوڑ دینے والوں کو برا بھلا سنانے لگے۔

یہاں اس منظر کا بڑا مزہ آ رہا تھا۔ بھینس دوڑی چلی جا رہی تھی اور پیچھے پیچھے چارپائی اور اس پر بالکل راجہ اندر کی طرح بیٹھے ہوئے چچا میاں۔

اوہو، ایک بھول ہی ہو گی۔ یعنی بچھڑا تو کھولا ہی نہیں۔ اس لیے فوراً بچھڑا کھول دیا گیا۔ تیر نشانے پر بیٹھا اور بچھڑے کی مامتا میں بے قرار ہو کر بھینس نے اپنے کھروں کو بریک لگا لیے۔ بچھڑا فوراً جٹ گیا۔ دوہنے والے فوراً گلاس کٹورے لے کر لپکے، کیونکہ بالٹی تو چھپاک سے گوبر میں جا گری تھی۔ ایک بچھڑا اور چار بچے، بھینس پھر باغی ہو گئی۔ کچھ دودھ زمین پر اور کپڑوں پر، دو چار دھاریں گلاس کٹوروں میں بھی پڑ گئیں۔ باقی دودھ بچھڑا پی گیا۔ یہ سب کچھ ایک منٹ کے تین چوتھائی میں ہو گیا۔ گھر میں طوفان اٹھ کھڑا ہوا۔ ایسا لگتا تھا جیسے سارے گھر میں مرغیاں، بھیڑیں، ٹوٹے ہوئے تسلے، بالٹیاں، لوٹے، کٹورے اور بچے بکھرے پڑے تھے۔

اماں جان نے اپنا سر پیٹ لیا۔ آپا جان چوکھٹ پر بیٹھ کر رونے لگیں۔ بڑی مشکل سے امن قائم کر کے بھیڑیں، بھینس، اور بچے باہر کیے گئے۔ مرغیاں باغ میں ہنکائی گئیں۔ ماتم کرتی ہوئی ترکاری والی کے آنسو پونچھے گئے اور اماں جان آگرے جانے کے لیے سامان باندھنے لگیں:

''یا تو بچہ راج قائم کر لوں، یا مجھے ہی رکھ لو۔ ورنہ میں تو چلی میکے۔'' اماں نے الٹی میٹم دے دیا۔ ''موئے بچے ہیں، کہ لٹیرے۔۔۔'' اور ابا نے سب کو قطار میں کھڑا کر کے پوری بٹالین کا کورٹ مارشل کر دیا: ''گر کسی بچے نے گھر کی کسی چیز کو بھی ہاتھ لگایا، تو بس رات کا کھانا بند۔''

یہ لیجئے! ان بزرگوں کو تو کسی کروٹ چین نہیں۔ ہم لوگوں نے بھی یہ طے کر لیا کہ اب چاہے کچھ بھی ہو جائے، ہل کر پانی بھی نہیں پئیں گے!!

★★★

سوت کا ریشم

ننھے بھائی ہمیں کتنی بار ہی بے وقوف بناتے، مگر ہم کو آخر میں کچھ ایسا قائل کر دیا کرتے تھے کہ ان پر سے اعتبار نہ اٹھتا۔ مگر ایک واقعے نے تو ہماری بالکل ہی کمر توڑ دی۔ نہ جانے کیوں بیٹھے بٹھائے جو آفت آئی تو پوچھ بیٹھے،
"ننھے بھائی! یہ ریشم کیسے بنتا ہے؟"

''ارے بدھو! یہ بھی نہیں معلوم، ریشم کیسے بنتا ہے! اس میں مشکل ہی کیا ہے۔ سادہ سوتی دھاگہ لو۔ اسے دو پلنگوں کے پائے پر ایسا تان دو جیسے پتنگ کا مانجھا تانتے ہیں بس جناب عالی! اب ایک یا دو حسب ضرورت انڈے لے لو۔ ان کی زردی الگ کر لو، انہیں خوب کانٹے سے پھینٹو، اچھا نمک مرچ ڈال کر، آملیٹ بنا کر ہمیں کھلاؤ، سمجھیں؟''

''ہاں آں۔ مگر ریشم؟''

''چہ۔ بے وقوف! اب سنو تو آگے۔ باقی بچی سفیدی، اسے لے کر اتنا پھینٹو۔ اتنا پھینٹو کہ وہ پھول کر کپا ہو جائے۔ بس جناب اب یہ سفیدی بڑی احتیاط سے پلنگ کے پایوں پر تنے ہوئے تاگے پر لگا دو۔ جب سوکھ جائے، سنبھال کے اتار کر اس کا گولا بنا لو، آپ چاہے اس کے ریشم سے ساڑھیاں بنو، چاہے قمیصیں بناؤ۔''

''ارے باپ رے!'' ہم نے سوچا۔ ریشم بنانا اتنا آسان ہے اور ہم اب تک بدھو ہی تھے، جو اماں سے ریشمی کپڑوں کے لیے فرمائش کرتے رہے۔ ارے ہم خود اتنا ڈھیروں ریشم بنا سکتے ہیں تو ہمیں کیا غرض پڑی ہے، جو کسی کی جوتیاں چاٹتے پھریں۔

بس صاحب، اسی وقت ایک انڈا مہیا کیا گیا۔ تازہ تازہ کالی مرغی ڈربے میں دے کر اٹھی اور ہم نے جھپٹ لیا۔ فوراً نسخہ پر عمل کیا گیا، یعنی زردی کا آملیٹ بنا کر خود کھا لیا، کیونکہ ننھے بھائی نہیں تھے اس وقت۔ اب سوال یہ پیدا ہوا کہ تاگہ کہاں سے آئے؟ ظاہر ہے کہ تاگہ صرف آپا کی سینے پرونے والی صندوقچی میں ہی مل سکتا تھا۔ سخت مرکھنی تھیں آپا۔ مگر ہم نے سوچا، نرم نرم ریشم کی لچھیوں سے وہ ضرور نرم ہو جائیں گی۔ کیا ہے، ہم بھی آج انہیں خوش ہی کیوں نہ کر دیں۔ بہت نالاں رہتی ہیں ہم سے، بدقسمتی سے وہ ہمیں اپنا دشمن سمجھ بیٹھی ہیں۔ آج ہم انہیں شرمندہ کر کے ہی چھوڑیں گے۔ وہ بھی کیا یاد کریں گی کہ کس قدر فسٹ کلاس بہن اللہ پاک نہ انہیں بخشی ہے۔ جس نے سوت کا ریشم بنا دیا۔ آپا جان سو رہی تھیں اور ہم دل ہی دل میں سوچ رہے تھے کہ ریشم کی ملائی لچھیاں دیکھ کر آپا بھی ریشم کا لچھا ہو جائیں گی اور پھر ہمیں کتنا پیار کریں گی۔ سخت چپ چپا اور بدبودار تھا ریشم بنانے کا یہ مسالہ۔ ناتجربہ کاری کی وجہ سے آدھا تاگہ تو الجھ کر بیکار ہو گیا۔ مگر ہم نے بھی آج تہیہ کر لیا تھا کہ اپنی قابلیت کا سکہ جما کر چین لیں گے۔

لہٰذا آپا کی صندوقچی میں سے ہم نے ساری کی ساری رنگ برنگی سوتی اور ریشمی ریلیں لے کر دو پلنگوں کے درمیان تان دیں کہ ریشم تو اور چمکدار ہو جائے گا۔ سوت ریشم ہو جائے گا۔ اب ہم نے انڈے کی پھینٹی ہوئی سفیدی سے تانے ہوئے تاگے پر خوب گسے دینے شروع کیے۔

اتنے میں آپا جان آنکھیں ملتی اور جمائیاں لیتی ہوئی ہمارے سر پر آن دھمکیں۔ تھوڑی دیر تو وہ بھونچکی سی کھڑی یہ سارا تماشا دیکھتی رہیں۔

پھر بولیں، ''یہ۔۔۔ یہ کیا۔۔۔ کر رہی ہے۔ مردی؟'' انھوں نے بہ وقت آواز حلق سے نکالی۔

''ریشم بنا رہے ہیں!'' ہم نے نہایت غرور سے کہا اور پھر نسخے کی تفصیل بتائی۔

اور پھر گھر میں وہی قیامت صغریٰ آگئی جو عموماً ہماری چھوٹی موٹی حرکتوں پر آ جانے کی عادی ہو چکی تھی۔ ناشکری آپا نے ہماری سخت پٹائی کی۔

گھر میں سب ہی بزرگوں نے دست شفقت پھیرا، ''ریشم بنانے چلی تھیں!''

''اپنے کفن کے لئے ریشم بنا رہی تھی چڑیل۔''

لوگوں نے زندگی دوبھر کر دی، کیوں کہ واقعی ریشم بننے کے بجائے تاگہ، برتن مانجھنے کا جونا بن گیا۔

ہم نے جب ننھے بھائی سے شکایت کی تو بولے، "کچھ کسر رہ گئی ہوگی۔۔۔ انڈا باسی ہوگا۔"

"نہیں، تازہ تھا، اسی وقت کالی مرغی دے کر گئی تھی۔"

"کالی مرغی کا انڈا؟ پگلی کہیں کی۔ کالی مرغی کے انڈے سے کہیں ریشم بنتا ہے؟"

"تو پھر۔۔۔؟" ہم نے احمقوں کی طرح پوچھا۔

"سفید جھک مرغی کا انڈا ہونا چاہیے۔"

"اچھا؟"

"اور کیا اور آملیٹ تم خود نگل گئیں۔ ہمیں کھلانا چاہیے تھا۔"

"تب ریشم بن جاتا؟"

"اور کیا!" بھیا نے کہا اور ہم سوچنے لگے۔ سفید مرغی کم بخت کڑک ہے، انڈوں پر بیٹھی ہے۔ نہ جانے کب انڈے دینے شروع کرے گی۔ خیر دیکھا جائے گا۔ ایک دن آپا کو ہمیں مار نے پر پچھتانا پڑے گا۔ جب ہم سارا گھر ریشم کی نرم نرم لچھیوں سے بھر دیں گے تو شرم سے آپا کا سر جھک جائے گا اور وہ کہیں گی۔

"پیاری بہن مجھے معاف کر دے تو تو سچ مچ ہیرا ہے۔"

تو بچو، اگر تم بھی ریشم بنانا چاہتے ہو تو نسخہ یاد رکھو۔ انڈا سفید مرغی کا ہو۔ اگر فی الحال وہ کڑک ہے تو انتظار کرو اور زردی کا آملیٹ ننھے بھائی کو کھلانا۔ خود ہرگز ہرگز نہ کھانا، ورنہ منتر الٹ پڑ جائے گا اور حالات نہایت بھونڈی صورت اختیار کر لیں گے۔ پھر ہمیں دوش نہ دینا۔

***

روٹی کی بارات

ایک تھی روٹی! گول مٹول۔۔۔ پیاری سی، جیسی کہ ہمارے دسترخوان پر ہوا کرتی ہے۔ پھولی ہوئی دونوں ورق الگ الگ، لال لال چتیوں دار۔ اسے چتیوں پر بہت ناز تھا۔ اسے اپنے باورچی سے بھی بڑا پیار تھا۔ وہ بڑے چاؤ سے آٹا گوندھتا، چکنا گول پیڑا بناتا، پھر ہولے سولے اسے چکلے پر پھیلا کر تھپتھپاتا اور ہتھیلیوں کے جھولے پر جھلا کر توے کی پیٹھ پر پھسلا دیتا۔ جب روٹی پھول کر کپا ہو جاتی تو جھپاک سے اسے رنگ برنگی گھاس کی بنی ہوئی ٹوکری میں ڈال دیتا۔

مگر روٹی بڑی اداس رہا کرتی۔ جس دستر خوان پر وہ جاتی، وہاں اس کی کچھ زیادہ قدر نہ ہوتی۔ اس دستر خوان پر بڑے بڑے ٹھسے کے لوگ ڈٹے ہوتے۔ قورمہ، متنجن، کوفتے، کباب وغیرہ، خاص طور پر نک چڑھی بی فرنی سے تو بے چاری روٹی کا دم نکلتا تھا۔ پستے، بادام اور چاندی کے ورقوں کا جگمگاتا جوڑا پہنے، کیوڑہ میں بسی بی فرنی کسی کو خاطر ہی نہیں لاتی تھیں۔ انھیں تو روٹی نگوڑی سے ایسی نفرت تھی جیسے وہ کوئی نیچ ہو۔

اس کے علاوہ اچار چٹنیاں، مربے وغیرہ تو یہ سمجھتے تھے کہ روٹی کوئی فقیرنی ہے جس کی ان کے بغیر گزر ہی نہیں ہو سکتی۔ آم کے مربے سے اگر روٹی کا دامن چھل جاتا تو وہ چراغ پا ہو جاتا۔ اسے تو بس چاندی کے چمچہ کی خوب صورت ڈولی میں ٹھُمکنا پسند تھا۔

مالک کے دستر خوان پر روٹی کی بڑی سبکی ہوتی۔ وہ مرغن کھانوں کے آگے اسے پوچھتا بھی نہ تھا کہ بی روٹی تمھارے منہ میں کے دانت ہیں۔ ویسے خود اس کے اپنے دانت مربے اور حلوے کھاتے کھاتے پھپوند گئے تھے۔ سب ڈگر ڈگر ہلا کرتے تھے۔ ان ہلتے ہوئے دانتوں کے نیچے دَب کر روٹی کو ایسا معلوم ہوتا جیسے کوئی اس کا بدن کانٹوں میں گھسیٹ رہا ہے۔ اسے تو باورچی کی بنو کے دودھ

کے دانت بڑے پسند تھے۔ ان ننھے ننھے دانتوں کے نیچے اسے بڑا آنند ملتا تھا۔

دستر خوان پر وہ پڑی پڑی سوکھا کرتی۔ کبھی تو ایسا بھی ہوتا کہ مالک ایک نوالہ بھی نہ توڑتا، بس اپنے جھوٹے ہاتھ پونچھ کر اسے ایک طرف ڈال دیا کرتا۔

یوں میلی کچیلی جھوٹی روٹی کوڑے کرکٹ کے ڈبے میں پڑی رہتی، جہاں مکھیاں اور بڑے بڑے چیونٹے اس کا کلیجہ چھلنی کر دیتے۔

پیٹ میں جا کر تو اس کا اور بھی ناک میں دم ہو جاتا۔ وہ بھیڑ ہوتی کہ اللہ توبہ۔ ایک طرف میاں پلاؤ پھولے بیٹھے ہیں، تو دوسری طرف تنجن کے مزاج بھی نہیں ملتے۔ قورمہ اپنی ہی دھن میں مست، کوفتے اپنی اکڑ میں اینٹھے ہوئے۔ گھی مصالحہ کی کیچڑ، لہسن دھنیا کی بساند، جائفل جوتری کے بھبکے اور اوپر سے بی فرنی کے نوسو نخرے۔ حالانکہ پیٹ میں پہنچ کر سارا رنگ روپ لٹ جاتا۔ چاندی کے ورق کا شاہانہ جوڑا سرمہ بن جاتا۔ ادھ چبے پستے بادام پسلیوں میں چبھتے مگر وہ سب سے الگ تھلگ ناک اچکاتی رہتیں۔ آم کے اچار اور دہی کے رائتے سے تو بی فرنی کے پَر جلتے تھے۔ گنواروں کی طرح یہ دونوں کوفتوں اور بوٹی کباب کے ساتھ مل کر بی فرنی کا ناطقہ بند کر دیتے۔

جب کبھی بھیڑ بہت بڑھ جاتی تو آپس میں جوتم پیزار شروع ہو جاتی۔ وہ گھمسان مچتی کہ الٰہی توبہ۔ پلاؤ قورمے کے کہنی مارتا، کوفتے، بگھارے بینگن کے ٹیپیں لگانے لگتے۔ متنجن قلیہ کے گھونسہ جماتا، قلیہ بی فرنی کے نتھنوں میں تیر ڈالتا۔ بس پھر شروع ہو جاتی لپاڈگی۔

مالک اپنا پیٹ پکڑ کر خوب دھما دھم کودتا۔ اس کے پیٹ میں ایسا معلوم ہوتا، جیسے کہ ہاتھی باکسنگ کر رہے ہیں۔

جب بات میاں معدے کے قابو سے باہر ہو جاتی تو وہ آہ وزاری شروع کر دیتے کہ خُدا کی پناہ۔ پھر مالک سوڈا بائی کاربالک یا فروٹ سالٹ کی کمک بھیجتا۔ جونہی فروٹ سالٹ کے اکھڑ سپاہی ڈنڈا گھُماتے ٹِیر گیس چھوڑتے دندناتے سب کے حواس گُم ہو جاتے۔ جوتے کھا کر سب کے سب پست ہو جاتے۔

یہ دھما چوکڑی تو آئے دن ہی مچی رہتی تھی۔ کیوں کہ مالک کھاتا بہت تھا۔ اس آئے دن کی پولیس ریڈ سے بے چاری روٹی کا تو ناک میں دم تھا۔

اس کا جی چاہتا کہ باورچی سے کہے: اللہ! مجھے بنو کے لیے لے چلو، میں اس مارا ماری سے تنگ آگئی ہوں۔ بنو اپنے منے منے ہاتھوں سے نوالے بنائے گی میری زندگی آسان ہو جائے گی۔ میں اس کے پیٹ میں فروٹ سالٹ کے

ڈنڈے تو نہیں کھاؤں گی۔ مزے سے ننھی بنو کے پیار بھرے معدے میں اس کی رگوں کے لیے خون بہاؤں گی، اور اس کی نرم و نازک ہڈیوں کو مضبوط کروں گی۔

ننھی بنو جب بڑی ہو جائے گی۔ مہندی لگے ہاتھوں میں جھُولا جھُلا کر توے کی پیٹھ پر چڑھا دے گی مجھے! وہاں میں غرور سے پھول کر کپا ہو جاؤں گی۔ وہ مجھے اپنے بچوں کے ہاتھوں میں تھما دے گی۔ وہاں آلو کی مزے دار ترکاری ہو گی اور میں، ہرے دھنیا کی چٹنی بھی بڑی خوش مزاج ہوتی ہے۔ ہمارا خوب نباہ ہو گا۔

اور ایک دن روٹی نے ایسی ترکیب لڑائی کہ وہ باورچی کی جیب میں بیٹھ گئی اچک کے۔ مگر اسے نہیں معلوم تھا کہ باہر پھاٹک پر پہرے دار باورچی کی تلاشی لیتا ہے اور اگر جیب سے روٹی نکلے تو مار پڑتی ہے۔

باورچی کو مار بھی پڑی، اور نوکری بھی گئی اور اس مار پیٹ میں روٹی ریت پر گر گئی۔ چوکیدار کے بھاری بوٹ نے اس کا پیٹ پھاڑ دیا اور وہ وہاں خاک اور دھول میں لتھڑی پڑی سسکیاں بھرتی رہی۔ پھر مہتر نے سینکوں والی جھاڑو سے اسے جھاڑ کر کوڑے کے ڈھیر پر پھینک دیا۔ جہاں وہ سڑے ہوئے آم کے چھلکوں اور باسی بد مزاج اُڑد کی دال کے ساتھ پڑی سڑتی رہی۔

اور ننھی سی بنو روٹی کے انتظار میں تھک کر روتے روتے سوگئی۔ خواب میں اس نے دیکھا روٹی کی بارات جارہی ہے۔ گلاب جامنیں سہاگ گارہی ہیں، رس گلے تاشے بجارہے ہیں، بالوشاہی نرت بھاؤ کررہی ہے۔ نیبو مجیرے بجارہے ہیں اور دھنیا کی چٹنی دلہن کو سجارہی ہے۔ روٹی سولہ سنگھار کیے پیتل کی تھالی میں بیٹھی ہے۔ سرخ سرخ چتیاں جگمگارہی ہیں اور روٹی دور دیس کو جارہی ہے۔ اپنے پیا کے دیس میں۔

***